I0639091

NOTICE HISTORIQUE

SUR LA

FAMILLE ALESSANDRINI

D'OLETTA

BASTIA

IMPRIMERIE Vᵉ EUGÈNE OLLAGNIER
—
1880

NOTICE HISTORIQUE

SUR LA

FAMILLE ALESSANDRINI

NOTICE HISTORIQUE

SUR LA

FAMILLE ALESSANDRINI

D'OLETTA

BASTIA

IMPRIMERIE Vᵉ EUGÈNE OLLAGNIER

—

1880

NOTICE HISTORIQUE

FAMILLE ALESSANDRINI

D'OLETTA

S'il est vrai que le climat, la nature et la configuration du sol exercent sur le caractère d'un peuple une influence profonde, il suffit de jeter les yeux sur une carte topographique de la Corse pour deviner que cette île est habitée par une population énergique.

Les montagnes qui traversent le pays dans presque tous les sens, les forêts et les makis qui couvrent une grande partie de sa surface, le sol, naturellement fécond sans doute, mais stérile en bien des endroits, malsain même dans certains autres, et qui, là même où il est fertile, a souvent nécessité des travaux considérables pour empêcher les éboulements, toutes ces conditions physiques ont dû donner de bonne heure, à la population corse, l'habitude de la fatigue et du danger. Aussi, je ne sais s'il est un peuple au monde qui ait lutté plus vaillamment pour défendre son indépendance.

La résistance des montagnards de notre pays fut aussi héroïque que celle des Highlanders d'Ecosse. S'ils n'ont pas eu comme les montagnards Suisses leur Granson et leur Morat, c'est qu'ils ont eu à combattre des ennemis sans cesse renaissants.

Malgré tous les efforts d'une puissance qui leur était bien supérieure en force et en ressources, ils soutinrent la lutte pendant de longues années, sans que leur patriotisme se soit démenti un seul instant, et quand enfin ils virent leur territoire envahi par les armes d'une grande nation, ils osèrent encore espérer contre l'espérance même.

Que d'exploits, que de dévouements restés inconnus pendant ces luttes gigantesques, où les rangs des patriotes comptaient autant de héros que de soldats ! L'Histoire a dû faire un choix et n'a pu enregistrer que les plus fameux. Le nom de l'indomptable Sampiero, celui de Paoli qui, comme Philopœmen, vit, dans une dernière bataille, succomber la liberté expirante, sont gravés dans le cœur de tous les Corses.

Mais, outre ces deux héros, bien d'autres encore ont droit à l'admiration et à la reconnaissance de leurs compatriotes.

Les mémoires du temps nous citent des noms en foule : les Ceccaldi, les Giafferi, les Alessandrini, les Gaffori, etc... [1])

C'est l'un de ces noms que nous voudrions aujourd'hui rappeler au souvenir de la Corse, en consacrant quelques pages à la mémoire d'une famille, que l'on rencontre très souvent mêlée aux glorieuses époques de notre histoire nationale.

Canari (dans le Cap-Corse) est le berceau des Alessandrini : une tour, à l'aspect imposant et

---

[1]) « E che, Monsignore, dubitate voi forse che meritano il » nome di eroi, Sampiero, Ceccaldi, Giafferi, Giacinto Paoli, » Alessandrini, Gaffori ? Dovete anzi aggiungere a questi : » Lusinchi, Taddei, Saliceti, Fabiani, Vincentelli, Rocca, » Valentini, Ciavaldini, Ambrosi e molti altri che per la » Patria hanno generosamente data ó perduta la vita. » — Le père SALVINI. *Giustificazione delle Rivoluzioni di Corsica*, page 429.

massif, reliée à deux corps de bâtiment, formait leur ancienne maison d'habitation : elle était ombragée par un pin de haute taille qui végétait là depuis de longues années.

Les armoiries de la famille représentent : d'un côté un pin soutenu par deux lions contre-rampants, de l'autre une tour : en chef d'une comète, accostée de deux étoiles ; le tout sur-monté d'une couronne de marquis.

Le village de Canari fut pillé, brûlé pendant la guerre de l'indépendance ; la maison Alessandrini, dont on ne saurait préciser l'origine, car les plus anciens documents manquent aux archives, fut, elle-même, par trois fois incendiée.

Cependant, dès l'année 1553, nous remarquons, dans les annales du pays, le nom de Philippe-Marie Alessandrini qui se distingue par sa position sociale, ses importantes relations de famille, la direction prépondérante qu'il exerce dans la province, et enfin par les titres de qualité que lui décerne le Gouverneur Général. En effet, depuis 1571, son nom, dans les actes publics ou privés, se trouve toujours accompagné du titre de *nobile messer* que conservent ses des-cendants. Ceux-ci portent encore la dénomination de *Caporali* qui justifiait, à cette époque, de la distinction et de la noblesse des races.

Mais c'est surtout dans les récits de nos luttes avec les Génois que la famille Alessandrini acquit un renom qui lui assigne une place distinguée dans l'histoire de notre Ile. Le souvenir de la domination de Gênes vit encore dans tous les cœurs ; aussi, sans en retracer le tableau néfaste, nous rappellerons seulement que sa politique ombrageuse et perfide ne put que surexciter un peuple jaloux de ses libertés et de ses privilèges, et que l'insurrection, comme une commotion électrique, eut bientôt gagné la Corse tout entière.

Les habitants du Cap-Corse, plus exposés par leur situation même à la vengeance de Gênes, ne furent pas les derniers à s'armer. Ce fut un noble de Canari, Charles-François Alessandrini, qui organisa la résistance. Grâce à sa valeur et à l'influence que lui méritait son amour pour le bien public, grâce au dévouement de ses concitoyens qui voyaient en lui un homme supérieur, un patriote prêt à se sacrifier pour l'affranchissement de son pays, il eut bientôt délivré le Cap de la présence des Génois et refoulé les oppresseurs jusque sous les murs de Bastia.

Ce fut alors qu'un officier supérieur au service de Naples, récemment arrivé du continent,

Pierre-Simon Ginestra, [1] d'Oletta de Nebbio, vint
réunir ses efforts à ceux d'Alessandrini. Ces
hommes valeureux, ces deux nobles cœurs,
réunis par leur dévouement à une même cause,
s'apprécièrent sur le champ de bataille, et, dès
lors, il se forma entre eux une de ces amitiés
durables qui laissent dans la vie des traces
profondes. Plus tard, en effet, leurs deux familles
n'en devaient plus faire qu'une seule.

Cependant la lutte continuait avec acharne-
ment, — glissons sur les faits, — Gênes envoya un
nouveau corps d'armée et les insurgés furent
mis en déroute devant Cardo. Camille Doria [2]

---

1) « Ginestra, député des Corses, pour faire des remon-
» trances au Sénat de Gênes, y fut reçu d'une manière peu
» honorable. Piqué d'avoir été traité avec si peu de considé-
» ration, et trop passionné pour excuser la froideur du
» Sénat en faveur des affaires multiples qui partageaient
» alors son attention, Ginestra fit, par dépit, soulever les
» montagnards dès qu'il fut retourné en Corse. » — *Histoire
des révolutions de Corse* par l'abbé de GERMANES, page 248,
Tome 1er.

2) « Camillo Doria, che nella sua prima campagna restò
» screditato, tenendo per fermo di ricuperare in questa il suo
» onore e di compire le meditate vendette, ottenne di farsi
» nominare per nuovo commissario, e venne in fretta a soffiar
» nel fuoco che egli stesso avea acceso per dilatarne l'incendio
» a distruzione dell'Isola : la sua prima e più nobile impresa

commissaire de la République, crut alors l'occasion favorable pour donner un libre cours à sa
vengeance : il chargea trois galères d'infanterie
et se dirigea sur Canari que le courage et le
patriotisme d'Alessandrini et de ses compa-
gnons d'armes signalaient naturellement à ses
coups.

Après la défaite de Cardo, Charles-François
Alessandrini était rentré à Canari avec son fils
ainé, pour recruter des renforts dans les villages
du Cap. Doria débarqua si inopinément qu'ils
eurent à peine le temps de prendre la fuite.

Mais il fallait des victimes : la maison
d'Alessandrini fut saccagée et brûlée ; sa femme
se réfugia dans l'église, avec sept enfants en bas
âge, trois garçons et quatre filles, espérant que
cet asile, inviolable alors, serait respecté : les
Génois osèrent, pourtant, les en arracher de vive
force, les conduisirent à Bastia et les enfermè-
rent dans une prison étroite et sombre, destinée
à de grands criminels. Ils y languirent longtemps

» fu di passare nella Terra di Canari, con tre galere cariche
» d'infanteria per incendiar la casa dell'Alessandrini e cattu-
» rare la di lui consorte con quattro fanciulle e tre bambini,
» tratti a forza di chiesa. » — SALVINI, *Giustificazione delle
Rivoluzioni di Corsica*, page 502, § 264 — suite de la 2° partie.

et ils y seraient morts peut-être s'ils n'avaient été échangés contre des prisonniers Génois. [1])

Gênes, comme on le sait, incapable de prolonger la lutte avec ses propres forces, avait recherché l'appui de l'Allemagne : les patriotes résistèrent courageusement, et lorsque en 1732 l'Empereur envoya un plus puissant secours, pour assurer le succès et l'honneur des armes Impériales, ils firent des prodiges de valeur. A cette occasion nous retrouvons Charles-François Alessandrini qui traverse le torrent de Pelinazzo, à la tête de quatre mille hommes, pour aller

---

[1] « Un distaccamento notturno sorprende in Canari il » palazzo dell'Alessandrini, uno dei primi capi ; egli col figlio » maggiore ha tempo a scampar colla fuga : la consorte con » tre figli maschi e quattro femmine, fanciulli e bambini, si » ritirano in chiesa credendo di starvi sicuri ; ciò non » ostante la gloriosa truppa dopo aver saccheggiata ed arsa » la casa, una delle più opulente del regno, gli estrae a forza » del sacro Asilo, le conduce in Bastia, e li rinchiude dentro » le carceri destinate a maggiori assassini, ove ancor langui- » rebbero se non fossero stati liberati per mezzo di un » cambio. Che scelleraggini avean commesse una donna e » sette bambini per meritare un sì enorme strapazzo, per non » essere sicuri nel santuario che era stato sempre inviolabile » in questo regno, anche per li rei più capitali. » — SAL-VINI, *Giustificazione delle Rivoluzioni di Corsica,* page 445,§ 202, 2° Parte.

surprendre Biguglia et s'emparer de San-Pellegrino. [1]

Enfin les hostilités cessèrent et la Corse eut quelque temps de repos. Mais la paix pour Alessandrini ne fut pas moins fatale que la guerre.

Comptant sur la foi des traités il avait rebâti sa maison pour y goûter loyalement les douceurs d'une demi-liberté.

Les Génois, toutefois, voulaient le perdre et l'on sait s'ils étaient scrupuleux sur le choix des moyens : ils l'accusèrent d'avoir caché des armes à feu, et quoiqu'il prouvât avec la dernière évidence la fausseté de cette accusation, il n'en fut pas moins déclaré rebelle, enfermé dans les prisons de Bastia, puis transféré dans celles de Gênes où on le laissa languir pendant six ans.

Sa maison fut de nouveau saccagée, incendiée : « Elle était trop opulente, dit un historien, et » faisait trop d'honneur à la nation pour ne pas » être une seconde fois condamnée au sac et à » l'incendie ; son chef d'ailleurs s'était montré » trop zélé pour les intérêts de la Patrie. » [2]

---

[1] *Histoire des Révolutions de Corse* par l'abbé de GERMANES, Page 228, Tome 1er.

[2] « Carlo Francesco Alessandrini, altro capo di cui si è » parlato dianzi, e imputato di avere occultate delle armi da

Alessandrini avait un frère prêtre qui voulait en appeler à Rome, contre ces traitements odieux, mais les Génois lui refusèrent constamment l'autorisation de s'embarquer, et le malheureux Charles-François dut attendre, dans un affreux cachot, qu'il vînt un jour où la République se croirait suffisamment vengée. Ce jour arriva enfin, et rendu à la liberté, après de longues et cruelles souffrances, l'intrépide patriote rentra dans sa chère Patrie, au milieu de sa famille bien-aimée qui ne respirait qu'après sa délivrance. [1])

» fuoco ; egli si giustifica con ogni chiarezza, ma la sua casa » era troppo opulente e faceva troppo onore alla nazione per » non esser condannata per la seconda volta al sacco ed » all'incendio : egli altresì si era dimostrato troppo zelante » per gl'interessi della Patria per non essere strascinato alle » carceri di Bastia e di poi a quelle di Genova, dove si lasciò » languire per sei anni senza che mai si volesse accordare ad » un suo fratello prete la licenza d'imbarco per così impedirlo » di ricorrere a Roma. » — SALVINI, *Giustificazione delle Rivoluzioni di Corsica*, page 469, § 238, 2° partie.

1) « Les histoires de l'abbé Cambiaggi, tome IV, pages 45 et 46, et de J.-N. Jacobi, page 72, 2° Partie, — en parlant du traité de paix signé entre la nation Corse et la République de Gênes, sous la médiation de l'Autriche, citent Charles-François Alessandrini au nombre des cinq envoyés Corses. Plusieurs princes autrichiens assistaient à ce

Les trois fils de Charles-François Alessandrini trempèrent leur âme à son école et s'en montrèrent les dignes rejetons.

L'un se fit prêtre, et fut, sous le général Paoli, agent de la nation corse auprès de la cour de Rome, où il fut honoré de hautes marques de confiance.

Les deux autres, Jean-André et Luc-Octave, occupèrent les premières charges de la Nation, furent maintes fois représentants aux consultes nationales et plus tard encore figurèrent honorablement dans la magistrature. [1])

---

congrès, sous la présidence du prince Louis de Wurtemberg.

Felice Pinelli dans *Tumulti di Corsica*, parle del nobile Carlo Francesco Alessandrini. (Pages 74 et 88). — Charles-François Alessandrini fut lieutenant-général de la juridiction du Cap-Corse. — On le désignait souvent, dans les chroniques du temps, sous la dénomination de *Magnifico Signore*.

1) L'abbé Cambiaggi, tome IV, page 100, rapporte que Luc-Octave Alessandrini fut élevé à la dignité de Conseiller d'Etat de la nation. — Dans plusieurs autres passages il parle des grands sacrifices que les Alessandrini ont faits pour la Patrie.

Germanes dans *Les Révolutions de Corse* parle des deux frères Alessandrini qui se sont illustrés sous Paoli.

Arrighi, dans son *Histoire de Paoli*, nous apprend que Luc Alessandrini, chef de milice, vainquit Alerius Matra, de concert avec Charles Saliceti et Jean-Thomas Arrighi.

Pierre-Simon Ginestra, dont nous avons déjà eu l'occasion de parler, avait eu deux fils, morts tous deux sans héritiers, l'un colonel à Naples, l'autre colonel en Espagne ; [1]) il eut, en outre, quatre filles : les deux premières furent mariées à Carbuccia, de Bastia, et à de Morlas, d'Oletta. Quant aux deux autres, elles cimentèrent, par une double alliance, les liens d'estime et d'amitié qui s'étaient établis entre deux héros, sur le champ de bataille de la Patrie opprimée. Elles épousèrent les deux frères Alessandrini, que des intérêts de famille obligèrent alors à se séparer : tandis que Jean-André continua à représenter noblement sa maison à Canari, Luc-Octave fonda une nouvelle branche à Oletta, où la fortune de sa femme et des arrangements pris avec son frère exigeaient sa présence.

Homme sage, intelligent et intègre, Luc-Octave Alessandrini sema autour de lui et l'ardent amour de la Patrie et celui de la vertu et de l'équité. Dieu bénit son union en lui donnant deux fils

---

1) « Pier Simon Ginestra, uno dei capi primari, è carcerato, » Si vuol sapere il motivo ? Perchè fu detto che avea ricevuto » lettere da due suoi figli, esistenti in Livorno al servizio » del re Cattolico. Gran delitto ! » — SALVINI, *Giustificazione delle Rivoluzioni di Corsica*, page 468, § 237, 2ᵉ partie.

et trois filles ; celles-ci furent mariées : Lilla à Campidoglio, de Bastia, Marie-Louise à l'avocat de Vidau, jurisconsulte des plus distingués, et Anne-Marie à Saliceti d'Oletta. Les deux fils furent Louis et Charles-François.

Le premier, donnant des marques précoces d'une rare intelligence, partit tout jeune pour Rome. Il fit ses humanités, étudia avec une égale ardeur la littérature, la philosophie, la théologie et acquit de brillantes connaissances. Ses études terminées, ses aspirations le portèrent vers Dieu, il reçut les ordres. Esprit vraiment supérieur, l'abbé Louis Alessandrini sut s'attirer tous les cœurs : ami des princes, distingué par le Saint-Père, les plus belles positions furent offertes à son ambition, mais il les refusa, voulant conserver sa modeste indépendance. Aux sublimes vertus du bon prêtre, il joignait toutes les qualités de l'homme du monde : sa belle figure, fine et intelligente, qui était le miroir de son âme, ses manières pleines d'affabilité et de noblesse lui assuraient les sympathies des plus hauts personnages. Dans l'intimité du prince Corsini, celui-ci l'institua l'exécuteur testamentaire de ses dernières volontés : il remplit cette mission avec toute la délicatesse qui lui était propre et, en reconnaissance, la noble famille Romaine lui

2

offrit un souvenir que l'on conserve à Oletta avec un soin religieux. L'abbé Alessandrini vint terminer ses jours au sein de sa famille et s'endormit doucement en Dieu à un âge très-avancé.

Charles-François, second fils de Luc-Octave, ne dégénéra pas de ses ancêtres et sut conserver intact le noble héritage qu'il en avait reçu. Esprit conciliant et ferme à la fois, il exerça toujours sur ses compatriotes une influence salutaire. Sans cesse préoccupé du bien public, intelligent et éclairé, il fit de réels efforts pour introduire, autour de lui, le goût des améliorations et du bien-être. — Il dirigea ses nombreux enfants avec une rare énergie et sut leur imprimer à tous, sans exception, les sentiments d'honneur et de probité dont ils ne se sont jamais départis.

Charles-François Alessandrini s'allia à la famille Gavini de Campile, dont la Corse s'honore à juste titre, qui compte autant d'hommes distingués que de membres, et qui était entourée alors, comme elle est aujourd'hui, de la considération et de la reconnaissance populaires. — Il eut de son mariage avec Mademoiselle Comtesse Gavini six garçons, et une fille : Joséphine, qui épousa M. Limperani Basile, de Penta de Casinca.

Des six garçons, les uns allèrent en vrais et

valeureux Corses, chez lesquels « la vertu guerrière est innée » soutenir le drapeau français, combattre et disperser les ennemis de la France, de cette nouvelle patrie dont ils avaient spontanément et sincérement embrassé la cause ; les autres demeurèrent sur le sol insulaire pour protéger la maison et la famille, pour soutenir et défendre les intérêts de leur pays.

L'aîné, Louis, s'enrôla généreusement sous les drapeaux : il partit le cœur rempli des illusions que donnent la force et la jeunesse. Mais bientôt il mourait, en brave, à la bataille de Wagram, comme capitaine des vélites de la Garde, à l'âge de 21 ans.

Un autre frère, Joseph, capitaine au 10e léger (Légion Corse) meurt encore à l'âge de 26 ans, à l'Ile-de-Ré, des suites de ses blessures.

Deux existences hélas ! brisées dans leur épanouissement, loin des baisers et des étreintes maternels, loin du sol natal et des souvenirs qui avaient bercé leur jeune âge !

Ils ne moissonnèrent point leurs lauriers, mais rien ne saurait effacer l'auréole glorieuse qui se rattache à leur mémoire.

Philippe, laissant ses frères aux émouvantes

péripéties de la guerre, resta en Corse : il prit à cœur les intérêts de sa famille, aussi bien que ceux de ses concitoyens et les dirigea avec une égale habileté. Il montra, dans l'accomplissement des devoirs qu'il s'imposa, un esprit d'ordre, de prudence et de conciliation qui, avec une juste réputation de sagacité et de savoir faire, lui acquit toutes les sympathies. — Il mourut à Oletta le 9 février 1870, âgé de 76 ans. Sa perte, qui laissa un si grand vide parmi les siens, fut vivement sentie par la vieille province du Nebbio tout entière.

Denis possédait des connaissances variées, un esprit fin, une imagination entrainante. Son âme, éminemment sensible, s'ouvrait aux douceurs de la poésie, à l'amour du grand et du beau, tandis que l'excessive bonté de son cœur l'attirait vers de nombreux amis, qu'il fascinait par les agréments de son esprit, la sincérité de ses relations et son affectueux dévouement. — Denis aimait les voyages, il aimait la vie, le mouvement, l'exubérance du sentiment ; aussi eut-il une existence pleine de souvenirs et d'épisodes intéressants. — Il se maria fort jeune avec Mademoiselle Antonj Anna-Felice, (de Furiani), qui peu de temps après fut ravie à son affection. Il resta fidèle à ce rêve d'un jour, à cette âme vertueuse et douce qui ne fit qu'effleurer la vie.

Nommé Receveur particulier des finances à Calvi, Denis Alessandrini y fut entouré pendant vingt ans de l'estime et de la sympathie générales ; il aima toujours cette petite ville, où il rencontra de sérieuses amitiés, où ses jours s'écoulèrent paisibles et sans déboires. — Il emporta d'universels regrets et vint terminer sa carrière à Oletta, au milieu de ses frères et de ses neveux, pour lesquels, malgré cette longue séparation, il avait conservé une tendresse inaltérable.

Le 13 novembre 1867 il s'éteignait, âgé de 66 ans.

Luc-Octave, se souvenant des traditions de ses ancêtres, qu'il gardait comme un précieux dépôt au fond de son cœur, fut un ardent partisan de la gloire. — A 16 ans, c'est-à-dire à l'âge enchanté où les enfants reçoivent encore, dans les familles vraiment dignes de ce saint nom, les soins, les caresses, les mille preuves d'une tendresse sérieuse et profonde ; alors qu'ils forment leur jeune cœur aux exemples paternels, qu'ils jouissent du seul bonheur sans mélange, Luc-Octave Alessandrini entre au service de la Patrie, en qualité de Vélite de la garde impériale. — Il fait depuis presque toutes les campagnes de l'Empire et celles de la Restauration ; les divers grades qu'il parcourt lui sont conférés sur le champ de bataille, qu'il inonde plusieurs fois de son sang. — En 1804, il était au camp de Boulogne ; en 1805 à l'immortelle bataille d'Austerlitz ; en 1806, 1807 et 1808 il suivait l'Empereur à la conquête de la Prusse et de la Pologne, et recevait les épaulettes de sous-lieutenant, après la bataille de Friedland ; en 1809 il fut atteint par deux blessures mortelles, à la mémorable bataille d'Essling. Le Grand Homme l'aperçut au milieu des cadavres enne-mis, et s'adressant à un de ses aides-de-camp, il lui dit : « Ayez soin de ce brave. » Trois jours après il l'éleva au grade de lieutenant. — En 1810 et 1811 il faisait partie de l'armée d'occupa-tion de la Hollande ; en 1812 il visitait, avec la grande armée, la ville des czars et il marchait sur les glaçons de la Russie. — Blessé au combat de Polosk d'un coup de feu, il fut nommé capitaine. — En 1813 il faisait la campagne de Saxe. — A Leipsick il reçut deux autres blessu-res qui lui valurent l'étoile des braves. — En 1814 il était au blocus de Besançon ; en 1815 il assistait à Waterloo, aux funérailles de l'Empire. — Mis en non-activité, à la rentrée des Bourbons,

et rappelé sous les drapeaux en 1819, il fut
envoyé à l'armée des Pyrénées, où on le nomma
chevalier de St-Louis; en 1823 et 1824 il fut à
l'armée d'Espagne, où il a été décoré des insignes de l'ordre de St-Ferdinand. — En 1830 il
était présent à la conquête d'Alger. A cette
occasion il fut promu au grade de chef de
bataillon et nommé officier de la légion d'honneur.
— Rentré en France, il se trouve à Lyon, lors
des émeutes qui ensanglantèrent cette ville : il
avait été chargé de défendre l'hôtel de la
préfecture avec son bataillon. — Dans cette
circonstance difficile il sut se conduire en homme
qui aime sincérement son pays. Tout en faisant
respecter le dépôt confié à sa garde, il obéit aux
sentiments impérieux de son cœur qui lui
ordonnaient de ménager le sang de ses concitoyens. Il employa les exhortations beaucoup plus
que la force et il put se faire gloire toute sa vie
d'avoir ramené, dans la bonne voie, un grand
nombre de malheureux égarés qui couraient à
leur perte.

M. de Gasparin, préfet du département du
Rhône, et M. le baron Aymard, commandant la
division militaire, le complimentèrent sur sa
conduite, en présence de tous ses camarades. Les
rapports les plus flatteurs pour lui, que ces deux

fonctionnaires écrivirent à Paris, se trouvent
encore dans les bureaux du Ministère de la
Guerre.

Rappelé par ses frères, anxieux dê se grouper
autour de lui, de jouir de la vie de famille, le
commandant Alessandrini se rendit à leur
prière et demanda sa retraite à l'âge de
46 ans. — Il revint prendre place au foyer
domestique, laissant derrière lui tous les regrets
d'un régiment où il était adoré, mais surtout
les témoignages de la reconnaissance profonde
de tant de braves cœurs qu'il avait soulagés,
encouragés bien des fois.

Luc-Octave Alessandrini avait épousé, depuis
plusieurs années, Mademoiselle Sebastiani Rose-
Marie (de la Porta), nièce du maréchal comte
Horace Sebastiani et du général vicomte Tiburce
Sebastiani ; nièce et héritière de Monseigneur
Louis Sebastiani, évêque d'Ajaccio. — Il en eut
sept enfants, dont un garçon et deux filles morts
en bas âge. Les quatre autres : Angéline, Anna-
Felice, Amélie et Louis lui survécurent, l'entourè-
rent de leurs soins, du plus tendre amour filial,
et recueillirent son dernier soupir, à l'âge de 75
ans, le 14 avril 1862. Il mourut en chrétien,
réconforté par les sacrements de l'Eglise : il alla
recevoir au ciel la récompense que méritait sans

doute, une vie remplie de charité et de dévouement.

Le commandant Alessandrini compléta sa vaillante carrière militaire par les qualités solides du cœur, par toutes les précieuses vertus qui font le charme de la vie privée. Autant il fut énergique et brave sous les drapeaux, méprisant les obstacles et les dangers, marchant toujours au premier rang à l'heure du péril, autant il fut doux et modeste dans ses jours de repos. Bien des années se sont écoulées sur cette tombe, mais chacun se rappelle encore, avec vénération, le calme et la sérénité de cette figure, où se lisait la satisfaction du devoir accompli.

A l'occasion de cette perte douloureuse, un discours fut prononcé par M. Arrighi, actuellement inspecteur d'académie.

M. Tonio Carbuccia fit une nécrologie qui fut insérée dans le journal l'*Observateur de la Corse*. [1])

La mort de Luc-Octave Alessandrini fut suivie de près par celle de sa femme Rose-Marie ; épouse vertueuse et dévouée, mère admirable

---

[1]) Cette nécrologie est reproduite plus loin.

dans ses leçons comme dans ses tendresses,
elle laissa dans le cœur de ses enfants, avec les
germes enracinés de la vertu et du devoir qu'elle
y avait déposés, l'inappréciable souvenir des
soins les plus touchants, des plus douces
expansions maternelles. Elle remplit dignement
sa tâche jusqu'au bout, et, à mesure qu'elle
avança en âge, elle ne fit que grandir dans le
respect et l'affection de ceux qui l'entouraient.

Elle expira, entre les bras de sa famille réunie,
le 29 octobre 1862, âgée de 56 ans.

L'aînée de ses filles, Angéline Alessandrini,
épousa M. Joseph Colonna de Leca (de Lumio),
chevalier de la légion d'honneur, appartenant à
une des familles les plus considérables de la
Balagne.

Après six ans de bonheur, ils eurent le chagrin
de perdre une charmante petite fille de quatre
ans, et, quelques mois après, le 10 mars 1863,
Madame Colonna de Leca, elle-même, s'éteignait
comme un ange, profondément pénétrée de la
religion, qu'elle aimait de toutes les facultés de
son âme. Elle était hélas ! à peine âgée de 23 ans :
tant de grâce et de jeunesse émurent vivement
tous les cœurs, et M. Corteggiani, maintenant
conseiller à la cour de Bastia, se fit l'interprète

des unanimes regrets dans la nécrologie suivante :

    « Depuis un an, la famille Alessandrini, une
» des plus honorables du département, a été
» cruellement éprouvée par les coups de la mort.
» Le commandant Alessandrini et sa femme née
» Sebastiani ont succombé dans l'espace de six
» mois. Leur fille aînée, épouse de M. Colonna de
» Leca, maire de Calvi, vient elle-même d'être
» enlevée dans la fleur de l'âge, à vingt-trois ans !
» Douée d'une constitution délicate et d'un
» caractère sensible, elle n'a pu résister à la
» douleur profonde dont son âme avait été
» inondée à la suite du trépas de ses parents
» chéris. Elle a succombé à une de ces terribles
» maladies qui détruisent lentement tant de
» jeunes existences.

    » C'est dans un voyage précipité qu'elle fit au
» mois d'octobre dernier, en apprenant l'état
» désespéré de sa mère, que la santé de Madame
» Colonna de Leca reçut la première atteinte,
» sans que les soins les plus assidus et les plus
» affectueux aient pu conjurer le malheur dont
» elle vient d'être frappée. Sa maladie a présenté
» ce surcroît de déchirantes amertumes qu'elle
» a vu mourir sa propre fille, âgée de quatre ans,

» qui lui prodiguait tant de caresses à son lit
» de douleur.

» Le ciel avait doté des qualités les plus pré-
» cieuses Madame Colonna de Leca. Elle était
» d'une douceur, d'une bonté et d'une piété
» angéliques. On ne pouvait la connaître sans
» l'aimer. Elle était charitable et compatissante
» pour le malheur et la misère ; son dévouement
» était au niveau de l'élévation de ses sentiments
» et de son intelligence. Bonne fille, tendre
» mère, épouse vertueuse, elle faisait la joie et
» le bonheur de ses propres parents et de
» ceux de son mari, dont elle avait su captiver
» la plus vive affection. Sa longue maladie
» et ses souffrances n'ont jamais pu altérer
» l'égalité de son caractère.

» Aux alarmes de sa famille qui voyait appro-
» cher sa fin, elle répondait par une sérénité et
» une résignation qui n'appartiennent qu'aux
» natures privilégiées. Elle se montrait même
» plus préoccupée des angoisses des siens que
» du mal qui minait son existence. C'était tou-
» jours vers la Vierge et vers Dieu qu'elle
» dirigeait les facultés de son âme, dans l'espoir
» d'adoucir ses maux et d'en conjurer, si c'était
» possible, le triste dénouement. Elle s'est
» éteinte dans les bras de sa religion adorée,

» sans trouble et sans secousses, le regard levé
» vers le ciel et les mains jointes. Elle avait la
» paix de la conscience, toute sa vie avait été
» remplie de bonnes actions et de bons exemples !

» De telles femmes, il faut le dire, font l'hon-
» neur de leur sexe et on ne saurait jamais trop
» les regretter.

» La ville entière de Calvi a assisté à ses fu-
» nérailles, où l'on remarquait de nombreuses
» notabilités de la Balagne, qui s'étaient empres-
» sées d'accourir à ce deuil général. Le cadavre
» a été transporté processionnellement dans le
» village de Lumio où il a été reçu par une popu-
» lation consternée, qui, s'étant portée en masse
» à son devant, a donné les marques de la dou-
» leur la plus sentie ; et, après avoir reçu une
« dernière bénédiction dans l'église, le cercueil
» a été déposé à côté de celui de sa fille, dans
» le tombeau de la famille Colonna de Leca.

» Les éloges mérités des morts, les honneurs
» rendus à leur mémoire, font la consolation des
» parents éplorés, en même temps qu'ils relèvent
» la vertu et jettent dans les cœurs une noble
» émulation. »

Angéline, comme suprême consolation à sa
famille, laissa un fils, Marc-Antoine, qui est l'ob-

jet des plus tendres affections des deux maisons Colonna de Leca et Alessandrini.

Anna-Felice, seconde fille de Luc-Octave, est mariée à M. François Piazza (de Poggio), Directeur de la pépinière de l'arrondissement de Bastia, et Membre du Conseil Général. Ancien élève de l'Ecole d'Agriculture, M. Piazza a puisé, dans des études sérieuses et pratiques, cette intelligence des exploitations agricoles, cette activité d'esprit qui le poussent vers d'importantes opérations qu'il sait diriger avec mérite et mener à bien. Il a notamment entrepris, dans notre pays, sur de grandes proportions, l'industrie des graines de vers à soie, qui, déjà en pleine voie de prospérité, promet encore un plus grand avenir. Les éducations, introduites par ses soins dans plusieurs localités, procurent à ces populations de réels moyens d'existence, et l'on ne saurait contester, en outre, que son exemple a imprimé un essor général à la sériciculture longtemps négligée dans notre île.

M. et Madame Piazza ont, actuellement, trois filles et un garçon : Rose-Marie, Angéline, Adèle et Mathieu. Celui-ci portera le nom de Piazza-Alessandrini.

Mademoiselle Amélie Alessandrini est la troisième fille du Commandant.

Celui-ci dit un jour, en parlant de ses frères : « Je n'ai point de motifs de renier ou de désapprouver aucune des actions de leur vie. » En effet, inaltérablement unis par les liens du cœur et des sentiments, possédant la même élévation d'esprit, la même droiture de conscience, les frères Alessandrini, forts du passé noble et sans tache de leur famille, se reportaient en arrière avec un légitime orgueil, tandis qu'avec un inaltérable bonheur ils arrêtaient leurs regards sur Louis, l'unique rejeton du Commandant, l'enfant adoré sur qui reposaient toutes leurs espérances d'avenir. Le fils était digne du père; héritier de son nom, il l'eût été de ses vertus et de ses œuvres. Déjà sa nature si bien douée faisait présager d'éminentes qualités, déjà il captivait toutes les sympathies, il séduisait par les grâces de son esprit et de sa personne. Il venait de terminer ses études, il avait 20 ans ! Le sort fut inexorable, il trancha cette jeune et belle existence. En une heure suprême, l'objet de tant de soins et de tant de veilles, la joie, l'espoir de toute une race ne fut plus qu'un souvenir ! Le 11 mars 1870 !

M. L. de Vidau se fit l'écho des tristesses de cette journée, dans un discours qu'il prononça sur le cercueil du défunt, et qui fut reproduit par l'*Observateur*, précédé de la Nécrologie ci-après :

« La famille Alessandrini, une des plus impor-
» tantes de notre arrondissement, vient d'être
» bien cruellement éprouvée. L'unique rejeton
» de cette ancienne et noble maison, l'enfant sur
» lequel reposaient ses espérances et son avenir,
» Louis Alessandrini, vient de mourir à Bastia,
» âgé de 20 ans, enlevé par une cruelle et doulou-
» reuse maladie. Nous avons été témoin de
» l'affreuse douleur de cette famille si éprouvée,
» depuis quelque temps, ainsi que de la désolation
» de toute la population du Nebbio, et c'est sous
» l'empire de l'émotion que nous avons éprouvée
» nous-même que nous écrivons ces quelques
» mots.

» Cette perte était cruelle pour tout le monde,
» et en particulier pour les malheureux que ce
» brave cœur avait toujours soulagés : on l'ai-
» mait, ce jeune homme, non-seulement à cause
» des grâces de sa personne et de la situation
» exceptionnelle de sa famille, mais encore parce
» que jamais son jeune cœur ne resta insensible
» devant ceux qu'il savait souffrir. Ces qualités

» qui lui valaient une affection qui tenait du culte
» de la part de ceux qui l'entouraient, lui avaient
» acquis une popularité réelle.

» Les obsèques ont eu lieu à Oletta, résidence
» habituelle de sa famille, au milieu du concours
» d'une foule immense. Le convoi traversa le
» village, accompagné par les sanglots, les ma-
» nifestations de la douleur la plus violente. Il
» s'achemina vers le tombeau de la famille où
» M. L. de Vidau, parent du défunt, prononça
» d'une voix fortement émue par la solennité de
» la circonstance l'allocution suivante :

« Il y a de ces douleurs qui terrifient l'âme
» et la forcent à se jeter affolée, meurtrie dans
» les bras de Dieu.

» Le malheur qui nous réunit aujourd'hui est
» de ceux que des mots sont impuissants à ex-
» primer, il n'y qu'à pleurer, pleurer et encore
» pleurer.

» Hier encore florissait ici une famille juste-
» ment honorée de tout le monde. Que sont
» devenus presque tous ses membres, fiers re-
» jetons d'une époque où les hommes avaient
» l'âme loyale et le cœur haut placé ? Que sont-
» ils devenus ? ... Faut-il ajouter d'autres dou-
» leurs à la douleur présente, faut-il raviver des

» plaies à peine cicatrisées ?..... Non. Contentons-
» nous de parler de Louis Alessandrini. Con-
» tentons-nous de pleurer sur ce cercueil où se
» sont abîmés pour toujours les espérances et
» le bonheur de ceux qui restent.

» Louis Alessandrini était bon, il avait de plus
» cette honnêteté, cette droiture d'esprit et de
» cœur dont il trouvait les nobles exemples dans
» sa famille, qualités qui étaient le plus bel apa-
» nage de nos ancêtres, de ces hommes qui
» marchaient devant eux, forts de leur bon droit,
» sans s'inquiéter des obstacles de la route.

» Tout lui présageait un avenir brillant, que
» lui manquait-il ? La fortune, qui avait souri à
» son berceau, lui préparait une riante existence.

» Pourquoi a-t-il fallu, à 20 ans, dire adieu à
» tous les enchantements qui l'attendaient ? Il
» était au printemps de la vie, pourquoi la mort
» par une cruelle ironie nous l'a-t-il ravi au mo-
» ment où la nature parée de ses premières
» fleurs, semble nous convier à la vie ?

» Pleurons-le et surtout remettons-nous en
» à la miséricorde de Dieu qui versera un peu
» de baume sur les affreux déchirements de cœur
» de cette famille éplorée.

» Et vous, généreuse population de nos mon-
» tagnes, donnez un libre champ à votre juste

» douleur, et vous tous qui l'avez connu plein
» de jeunesse, permettez à vos compagnes ces
» saintes manifestations qui sont un des tou-
» chants souvenirs du temps passé; si votre dou-
» leur est grande, l'étendue du malheur qui nous
» frappe aujourd'hui est immense !

   » Adieu, Louis. Adieu ! »

Le dernier survivant des sept enfants de Charles-François et de Comtesse Alessandrini fut
Mathieu.

Il fit ses études à Rome, se destinant à suivre
une carrière, mais obligé de rentrer momenta-
nément pour des affaires de famille, il ne se
sentit plus la force de s'éloigner, d'abandonner
son père dont la santé était devenue chancelante,
de laisser sa mère et ses jeunes frères livrés à
de douloureuses appréhensions. Il resta donc,
comme une bénédiction, sous ce toit qui l'avait
vu naître et dont pendant quatre-vingt-dix ans il
fut l'âme et l'attrait.

Mathieu Alessandrini portait sur sa physiono-
mie l'empreinte des plus belles facultés morales ;
il y avait un rayonnement sur son front, dans ses
yeux brillaient l'amour et la foi ! — Dieu le doua
des plus aimables qualités et se réserva, en
prémices, l'encens de ses prières. Chrétien

fervent dès son jeune âge, il fut toujours, pendant tout le cours de sa longue existence, fidèle à ses principes, inaltérable dans ses croyances et dans ses pratiques religieuses. — Dieu et la famille étaient les sentiments inhérents à sa nature, ils furent le mobile, le culte de sa vie entière.

Cœur sensible et passionné dans ses affections, indulgent sans faiblesse, admirable de simplicité, d'abnégation et de dévouement, il fut l'idole du foyer. Il se donna aux siens avec toute l'expansion de son âme ardente, il aimait ses neveux comme une mère aime ses enfants : petits, il les berça sur ses genoux et les endormit de sa voix tendre et harmonieuse ; plus tard, à l'heure des tourmentes, il essuya leurs larmes, il fut leur ami le plus cher, leur appui le plus constant. — Que ne peut-on pénétrer dans les incidents intimes de cette vie si bien remplie ! Chaque battement de son cœur révélerait une perfection, chacune de ses aspirations serait un enseignement.

Non moins bien doué sous le rapport de l'intelligence, Mathieu possédait une mémoire des plus heureuses, une instruction solide, une rare rectitude d'idées et de jugement. Son langage énergique et persuasif inspirait la conviction et rendait meilleur. Quand on recourait à ses conseils, on restait frappé de la pénétration d'esprit, de la justesse d'appréciation avec lesquelles il jugeait les questions les plus compliquées. — On allait vers lui avec confiance, car on était sûr de le trouver, avec sa paternelle bonté, toujours prêt à répandre autour de lui les lumières de sa longue expérience. Il était aimé, estimé, vénéré.

Mais pourquoi faut-il que « les plus belles créations en ce monde, aient le pire destin ? »

Cette âme si bien trempée, cette puissante organisation, qui n'avait point plié sous les orages des passions, sous le poids des douleurs et des ans, devait donc suivre la pente commune et sombrer dans l'universel naufrage ?

Amère illusion !

Le 24 octobre 1878 Mathieu Alessandrini rendait sa belle âme à son Créateur, il retournait à Dieu, dans toute sa pureté de conscience, rehaussé par le mérite du combat et des victoires remportées sur les faiblesses humaines.

Il s'est endormi du sommeil du juste : son front encore radieux révèle ses hautes destinées, l'Homme-Dieu crucifié, serré sur sa poitrine, lui promet la rédemption et l'espérance. — Mais comment dépeindre les déchirements de l'âme de sa famille agenouillée au pied de son lit mortuaire ? Toutes les douleurs, dans cet instant

inénarrable, meurtrirent le cœur de ses deux
nièces, hélas déçues et brisées désormais !

Si quelque chose peut adoucir la séparation
dernière, si les manifestations de l'amitié sont
un baume pour les plaies saignantes du cœur,
la famille Alessandrini reçut dans cette triste
circonstance, toutes les démonstrations, tous les
témoignages d'une profonde et sincère sympathie ; elle fut témoin de l'explosion d'un deuil
général.

Quatre discours furent prononcés, par MM.
Clavesani, Lucchini, Preziosi et l'abbé Graziani
qui se firent les interprètes de la douleur publique. [1])

La dépouille mortelle de Mathieu Alessandrini
a été déposée à côté des autres membres de la
famille, qui reposent réunis dans le caveau de
la maison, sous la chapelle de la Sainte Trinité,
dans le couvent d'Oletta.

C'est sous le coup de ce malheur récent, sous
l'impression profonde que la mort de M. Mathieu
Alessandrini a laissée dans le cœur de tous ses

---

[1]) V. p. 41 et suiv.

amis, que nous avons senti le besoin de rendre un dernier hommage à cette mémoire chère et vénérée.

Par ces quelques pages, nous avons voulu encore perpétuer un souvenir, le graver dans les chroniques du temps, avec tout ce qu'il renferme d'édifiants exemples et de sublimes enseignements. — Nous voyons, dans un espace de quatre siècles, les générations se succéder dans la famille Alessandrini, nous les voyons croître et se multiplier, sans jamais dévier du chemin de l'honneur, sans erreurs et sans défaillances.

Héritage précieux religieusement recueilli, et conservé avec soin dans le cœur de ceux qui restent.

Ces notes resteront dans la maison comme un monument du passé et une sécurité pour l'avenir.

DISCOURS

PRONONCÉ

Par M. F. CLAVESANI

MEMBRE DU CONSEIL MUNICIPAL

MESSIEURS,

S'il est une vertu chère au cœur de l'homme, c'est la reconnaissance ; dette sacrée qui ennoblit et qui élève, règle imprescriptible des cœurs bien faits.

M. Mathieu Alessandrini, que la mort vient d'enlever à la tendresse de sa famille et à l'amour de ses concitoyens, fut un ami constant et dévoué, une âme généreuse. Il se montra toute sa vie le protecteur du pauvre et du délaissé ; sa main charitable ne se lassa jamais de répandre ses bienfaits sur la vertu malheureuse et la faiblesse opprimée.

C'est pourquoi je vois ce concours de regrets et de larmes ! Jamais pleurs ne furent mieux mérités !

Au nom du Conseil municipal de la commune d'Oletta, qui avait l'insigne honneur de compter Mathieu Alessandrini parmi ses membres, je reçois la mission douloureuse de lui dire un dernier adieu, d'exprimer hautement nos profonds et éternels regrets.

Associé pendant plus de cinquante ans aux mouvements de l'administration locale, il sut l'éclairer par ses lumières, la diriger par ses conseils et la préserver de tous funestes excès, par l'ascendant irrésistible de sa probité et de son honneur.

Son zèle pour le progrès moral et matériel de la commune fut grand et généreux. Rien n'échappait à sa vigilance et à sa prévision.

Unissant l'exemple à la parole, il aimait à donner à chacun des leçons de sagesse et de règle de conduite : à la jeunesse, il dictait les préceptes d'honneur et de devoir ; aux vieillards, il rappelait la nécessité du bon exemple ; à tous il conseillait l'union des cœurs, le respect de la loi, l'inviolabilité du droit d'autrui, la fidélité aux engagements. Mais spécialement, et avant tout, il apprenait à aimer la religion, dont il était l'ami le plus zélé, l'enfant le plus soumis, le disciple le plus fidèle.

Toute la population d'Oletta lui rend aujourd'hui ce beau témoignage.

La mort est venue frapper ce cœur d'élite, elle a rompu cette longue série de bienfaits ; en a-t-elle éteint dans nos âmes le souvenir ? Non, ils vivent et ils vivront éternellement dans notre mémoire. La voix de la reconnaissance et de l'amitié continuera à nous unir ici-bas à notre bienfaiteur, et nous nous ferons un devoir d'en léguer le souvenir aux affections généreuses de nos enfants.

Adieu cher et vénéré collègue, adieu !

DISCOURS

PRONONCÉ

Par M. LUCCHINI

INSTITUTEUR A OLETTA

———⋙✳⋘———

MESSIEURS,

Organe de cette jeunesse pour laquelle l'homme de bien que nous pleurons fut constamment un modèle à imiter et un exemple à suivre, je viens, à mon tour, déposer sur sa dépouille mortelle le tribut de nos regrets les plus vifs et les mieux mérités.

Né avec les plus heureuses dispositions, M. Mathieu Alessandrini fit ses humanités à Rome, où de hautes dignités lui étaient réservées ; mais des malheurs de famille l'obligèrent à revenir en Corse avant le temps marqué. Rentré à Oletta, il se dévoua, sans réserve, au bien public et à l'éducation de ses cinq frères, dont deux trouvèrent une mort glorieuse, mais prématurée, sur le champ de bataille ; le troisième non moins brave

que les premiers, eut le bonheur de revoir sa
famille, après avoir noblement payé sa dette à
la Patrie. — Son nom est resté légendaire en
Corse, aussi bien que dans le régiment où il
servit comme chef de bataillon. — Le plus jeune
occupa un poste distingué dans les Finances, et
le cinquième ne fut ni le moins utile ni le moins
considéré d'entr'eux.

M. Mathieu Alessandrini vit tous ses frères
s'éteindre l'un après l'autre et n'eut pas toujours
la consolation de leur dire un suprême adieu.

Une plus cruelle et plus terrible épreuve lui
fut réservée plus tard ; le noble rejeton de sa
famille, le fils du héros qui avait assisté à vingt
batailles et méprisé partout la mort, apparut à
peine dans le monde, entouré de toutes les
séductions de la jeunesse : fortune, intelligence,
grâces, tout lui sourit. Mais, hélas ! le bonheur
ne dure guère ici-bas ; Louis mourut après avoir
atteint son vingtième printemps. Son oncle vit
donc toutes ses espérances éteintes en un jour.
Son âme éminemment chrétienne trouva des
consolations pour lui comme pour sa famille. Il
envisagea l'avenir avec cette sérénité d'âme, qui
est le propre des grandes natures, et offrit à
Dieu le sacrifice de ses plus chères affections.

Ah ! pourquoi faut-il qu'un si poignant souvenir vienne en ce jour s'ajouter à notre nouveau
chagrin !

Appelé à diriger les affaires de sa commune à une époque difficile, M. Mathieu Alessandrini apporta *dans les délicates fonctions qui lui furent confiées, le tact, l'intelligence et l'impartialité d'un habile administrateur.

Constamment guidé par le sentiment du devoir, il prêta plus tard au conseil municipal, le concours de son expérience et de son savoir. Grâce à sa rare prudence et à sa sagacité, les questions les plus graves reçurent une heureuse solution, en dépit des mesquines rivalités de parti.

Causeur aimable, M. Mathieu Alessandrini vécu sans cesse au milieu de ses concitoyens, toujours heureux de l'entendre. Souvent il profitait de l'ascendant que lui donnait sa haute position dans la commune, pour instruire et moraliser ceux qui se pressaient autour de lui. Vous savez tous, Messieurs, avec quelle force de langage il s'élevait contre les abus commis, la morale outragée et la justice méconnue. Ses réflexions étaient toujours justes et les jugements qu'il portait étaient considérés comme des arrêts que l'opinion publique infirmait rarement.

Aussi son prestige grandissait à mesure qu'il avançait en âge.

L'aménité de son caractère et son excessive bienveillance mettaient tout le monde à l'aise, les grands et les petits, les riches et les pauvres.

On était toujours sûr d'être bien accueilli chez lui : son doux commerce, sa parfaite droiture, sa haute raison laissaient dans le cœur de ceux qui l'approchaient l'impression la plus favorable. Il sut par là commander le respect et mériter l'affection de tous les habitants.

Ces souvenirs, Messieurs, seront un enseignement pour nous tous et une consolation pour les nièces affligées qu'il éleva avec un admirable dévouement. Là aussi se sont révélés les hautes qualités et les nobles sentiments du bon citoyen et du chef de famille. Avec quelle tendre sollicitude ne veilla-t-il pas, en effet, sur les enfants du commandant Alessandrini ? C'était pour lui une sorte d'apostolat, dans lequel il recueillait les plus heureux fruits, et qu'il continua à exercer jusqu'au jour de sa mort, sur son petit-neveu et ses petites-nièces, aujourd'hui dans les larmes.

Dieu et la famille, voilà la constante préoccupation de sa vie. Nul n'était plus assidu que lui aux offices divins, nul ne remplissait mieux ses devoirs de chrétien. Aussi si sa vie fut celle d'un homme juste, sa mort fut celle d'un saint. Il s'est éteint à l'âge de 90 ans, sans secousses et presque sans souffrances, laissant aux hommes l'exemple de ses vertus, et à sa famille le souvenir de son amour et l'honneur de son nom.

On n'entendra plus retentir dans la nef de

Saint-André les échos de cette voix harmonieuse et forte qui réglait merveilleusement le chant sacré et donnait aux cérémonies religieuses une imposante solennité ! On ne verra plus au banc du Conseil de l'œuvre, cette noble et majestueuse figure, ce défenseur zélé des droits imprescriptibles de la Religion ? Son poste restera longtemps vide. Disons mieux, nul ne pourra le remplacer dans les importantes fonctions qu'il exerça depuis son jeune âge avec tant de dignité et d'indépendance ! Le temple du Seigneur est aujourd'hui en deuil ! Le clergé perd dans la personne de M. Mathieu Alessandrini un collaborateur et un conseiller ; la municipalité, son guide le plus sûr et le mieux inspiré; la commune, son plus bel ornement ; les pauvres, un bienfaiteur. Ah ! qui pourrait dire ici les heureux qu'il a faits, les infortunes qu'il a soulagées, les maux qu'il a conjurés ! Ceux-là seuls qui dans les circonstances les plus critiques de la vie ont ressenti les doux effets de sa bienfaisance pourraient nous l'apprendre. Mais non ! On ne le saura jamais, car autant il prenait de soin à s'enquérir du sort des malheureux qui souffraient, autant il en mettait à cacher la main charitable qui donnait.

Je ne veux d'autre preuve de ce que j'avance que les larmes que je vois verser autour de son cercueil, les sanglots qui retentissent depuis trois jours devant sa maison en deuil, ce concours immense de populations venues de toutes les parties de l'arrondissement pour s'associer à notre commune douleur.

M. Mathieu Alessandrini nous a quittés alors que tout paraissait encore lui réserver de longs jours. Ni les remèdes de la science, ni les soins les plus tendres et les plus intelligents de ses nièces affectueuses n'ont pu arrêter l'inexorable mort. Anges d'amour et de dévouement ! nous vous avons vues toutes les deux à son chevet, accablées sous le poids de votre immense douleur, baiser respectueusement cette main vénérable qui vous avait tant de fois caressées et bénies. Et lui, calme et résigné, vous parlait avec l'abandon du père le plus tendre de l'espérance d'une vie meilleure. Sa belle âme qui s'est envolée dans le séjour des bienheureux vous soutiendra dans vos épreuves.

Adieu ! Monsieur Mathieu Alessandrini, votre mémoire vivra longtemps dans le cœur de ceux que vous avez aimés et obligés ici-bas ! Adieu, au nom de cette population dont vous avez continuellement soutenu les intérêts ! Adieu, au nom de cette jeunesse que vous avez édifiée par vos vertus et vos exemples ! Adieu, pour l'ami qui vous connut trop tard et vous posséda trop peu !

Adieu !!

DISCOURS

PRONONCÉ

Par M. P.-J. PREZIOSI

CAPITAINE D'INFANTERIE EN RETRAITE
CHEVALIER DE LA LÉGION D'HONNEUR

MESSIEURS,

Après les discours touchants qui viennent de
faire retentir ici les paroles du passé, dans vos
âmes pleines de souvenirs, je devrais me taire,
à cause même de ma situation : car vous savez
tous, Messieurs, qu'un épouvantable malheur,
en m'arrachant, il y a à peine six mois, mon
épouse bien-aimée, ma noble, ma sainte compa-
gne, la femme forte selon l'Evangile, a privé du
même coup, mes enfants en bas âge encore de
la plus tendre des mères, du modèle de toutes
les vertus ; mais il y a dans mon cœur un
sentiment qui fait violence à tous les autres et
qui domine toutes les timidités, c'est le sentiment
de l'estime, de la reconnaissance. Evoquer le

souvenir d'un long passé, lorsque tout ce passé est sans tache, c'est payer à peine le tribut de respect que nous devons à la mémoire de celui qui n'est plus.

Les prières et les larmes de cette population silencieuse en disent autant que le meilleur discours. Veuillez cependant, Messieurs, me permettre de déposer, à mon tour, une fleur sur le cercueil de Mathieu Alessandrini, et avant que le silence se fasse à jamais sur une vie utile et pure, permettez-moi d'éveiller dans vos cœurs un souvenir sympathique.

Par un de ces coups de foudre qui troublent et confondent, la mort a brisé la vie la plus réglée, la mieux conduite, la plus exempte d'imprudences et d'excès, une de ces vies qui semblait en droit de lui interdire de la frapper de longtemps encore. Cette vie est celle d'un des patriarches du Nebbio, de l'excellent Mathieu Alessandrini.

Il avait si bien conservé toute la plénitude de sa vivacité, non seulement d'esprit, mais presque de corps, qu'on se refusait à lui donner son âge ; et tous nous admirions sa verte vieillesse, ses 90 ans.

Mais, ô fragilité des choses humaines ! il était parvenu à l'âge où l'homme doit se résigner à attendre son inévitable dénouement, et il l'attendait avec calme et confiance, car sa force contre l'horreur naturelle qu'inspire la mort était d'aimer au delà, et son espoir était dans un séjour plus haut. Aussi, il s'est éteint presque sans souffrances, après quelques jours à peine d'affaiblissement.

Il est mort de la mort du juste, sans efforts et sans douleur, entre les bras de deux nièces affectueuses, aujourd'hui inconsolables, de trois neveux dévoués, et de nombreux amis, agenouillés autour de son lit et confondant leurs larmes et leurs sanglots.

Oletta, Messieurs, dans la journée du 24 octobre 1878, a fait une bien grande perte !

Je ne veux point vous faire ici la généalogie de la famille Alessandrini, de cette vieille feudataire de la province du Cap-Corse ; mais ce qu'il faut hélas ! vous rappeler, c'est que ce cercueil renferme les restes mortels du dernier rejeton de cette famille, tant éprouvée et si cruellement décimée par l'implacabilité du destin.

Mathieu Alessandrini naquit en 1788, à la veille de la Révolution, « au milieu de la vive attente et du souffle de mille passions qui agitait déjà les esprits, » comme le dit excellemment un des plus fins critiques de ce siècle, M. Villemain.

Après avoir fait ses études à Rome, il rentra au sein de sa famille et il sut toujours se

concilier, en traversant toutes les crises po-
litiques, l'estime et la confiance qui, sous tous
les régimes, s'attache à l'homme dévoué à
son pays et à la religion du devoir, à l'homme
inébranlable dans son opinion et fidèle à ses
principes.

Il aimait la droiture et la brusque franchise,
qui ne sont guère de mode aujourd'hui, époque
d'affaissement, de scepticisme ; il avait une
verve à lui, un tour d'esprit spontané, naturel,
jamais recherché.

Il était conciliant, négociateur discret, fidèle
en amitié, et du commerce le plus sûr.

Homme de tradition, il était ennemi de l'arbi-
traire, de la violence, de la négation du droit.
D'une honnêteté absolue et universellement
reconnue, il imposait non seulement le respect
mais la vénération : en sa présence toutes les
passions restaient désarmées, tous les fronts
s'inclinaient sur son passage. On ne le connaissait que pour l'aimer, on ne parlait de lui que
pour faire son éloge.

Il avait la mémoire abondamment meublée de
dates et de faits, et il puisait à cet arsenal avec
un merveilleux bonheur, pour la plus grande
satisfaction de ses amis et de ses convives, qu'il
savait abriter sous son toit patriarcal, avec cet
exquis savoir-vivre et cette vieille hospitalité
corse qui enchante. Sa société était douce et

agréable, il attirait par la bienveillance et la facilité de sa parole.

Son cœur et son esprit n'ont jamais changé. En effet, à qui, parmi vous, Messieurs, Mathieu Alessandrini n'a-t-il pas prodigué les trésors inépuisables de sa vieille expérience et de son incomparable bonté, pendant sa longue carrière ?

Animé du bien public, il n'agissait que pour être utile, et jamais la cupidité, qui enfante l'égoïsme desséchant, n'a corrompu ses idées, ni retréci son âme. Jamais l'orgueil qui rend téméraire, audacieux, présomptueux et qui perd l'homme en le rendant hautain jusqu'à s'oublier, n'a porté atteinte à ses belles vertus.

D'ailleurs, cette population qui sanglote à fendre l'âme, nous fait comprendre qu'elle a perdu un excellent concitoyen, qui s'est toujours appliqué à bien connaître les besoins de ce village ; et plus il les connaissait nombreux et plus il tâchait d'en diminuer le nombre.

Il faut le dire parce que c'est la vérité, nul mieux que lui n'a traversé la vaste carrière du temps, et par conséquent n'a mieux mérité ces témoignages de considération, car c'est par les qualités du cœur que l'homme est vraiment digne d'estime, vraiment grand.

Longtemps, dans ces contrées, on le citera comme un modèle de noble loyauté, de patriotisme, d'affabilité, de tendresse et de dévouement.

Maintenant que Dieu a délivré de tous les maux de ce monde le juste Mathieu Alessandrini, que la paix soit avec lui ! Seulement, avant de le descendre dans sa dernière demeure, disons lui :

Homme de bien, estimé et populaire, reposez en paix, certain que nul n'a de reproche à vous faire et que votre pays vous est redevable de beaucoup de bienfaits. Nous vous regretterons longtemps, et jamais la froide main de l'oubli ne viendra effacer de nos cœurs le souvenir de vos vertus. Que Dieu, dans sa justice, vous accorde cette palme des élus, qu'il accorde à ceux qui, comme vous, ont gardé toujours vivace la foi dans sa sainte doctrine, le culte de l'honneur et l'amour de la Patrie !

Que cette palme glorieuse, objet de nos plus ardents désirs, vous soit remise à l'entrée du Ciel, par les Anges qui s'appellent Charité, Espérance, Justice et Persévérance, dont vous avez toujours écouté les célestes conseils.

Enfin, comme il est vrai que mourir c'est renaître, que la vie est un songe, et la mort un réveil, je ne vous dis pas adieu ! Mathieu Alessandrini, mais au revoir ! au nom de tous au revoir ! et en attendant priez pour votre famille inconsolable,

Priez pour nous !

DISCOURS

PRONONCÉ

Par M. L'Abbé GRAZIANI

VICAIRE D'OLETTA

———◦◦◦———

MESSIEURS,

Au moment où obéissant à une puissante impulsion de mon cœur, j'ouvre la bouche pour dire quelques paroles sur la vie et la mort de Mathieu Alessandrini, je me sens confondu et par l'importance de la tâche qui m'incombe et même, je l'avoue, par l'inutilité du travail.

En effet, malgré mon estime profonde, malgré l'affection et la reconnaissance dont je suis rempli, je ne puis, en faisant de tels éloges, que rester bien au-dessous de la vérité. Mais qui ne serait convaincu de l'insuffisance des paroles, pour rendre les pensées qui se pressent dans nos esprits aujourd'hui ?

D'ailleurs, tous ceux qui m'écoutent connaissent

mieux que moi encore quelle fut la vie de celui qui n'est plus ; vie trop pleine de vertus et de bonnes œuvres pour ne pas être hautement appréciée. Mais, Messieurs, permettez-moi de parler ; c'est une satisfaction pour mon cœur que de verser, sur ce cercueil, le trop plein qui en déborde.

Issu d'une noble famille, M. Mathieu Alessandrini puisa, dans les exemples du passé, les principes d'honneur et de stricte moralité qui ne lui firent jamais défaut. Il comprit de bonne heure l'efficacité de la vertu et du devoir accompli, et dès lors, ardent observateur de la foi, fidèle aux lois imprescriptibles de sa conscience, il poursuivit dignement sa carrière ; répandant autour de lui les lumières d'une âme profondément convaincue, les leçons d'un esprit sain et élevé, le dévouement d'un cœur plein d'amitié et de tendresse.

Ce cœur était grand ! S'il aimait profondément sa famille, il savait aussi faire la part de ses amis, qui étaient toujours sûrs de trouver en lui, avec un réel attachement, la générosité, l'indulgence, l'oubli de soi-même, la sympathie au malheur.

Vivement ému par toutes les infortunes, elles excitaient, au plus haut degré, son intérêt ; il trouvait des paroles d'encouragement pour la veuve et l'orphelin, le pauvre en approchait avec confiance. C'est dans sa piété profonde, dans l'Ecriture Sainte qu'il médita toute sa vie, qu'il alimentait son ardente charité.

Rapportant tout à Dieu, M. Mathieu Alessandrini jouit des faveurs de la Providence sans abus et sans orgueil; puis, lorsque les douleurs vinrent fondre sur lui, lorsqu'il vit disparaître l'un aprés l'autre tant de membres de sa famille, objets de ses plus chères affections, son cœur se déchira, il est vrai, mais son âme chrétienne sut se résigner aux décrets divins. Il prêcha la même résignation autour de lui, et ses nièces et neveux, auxquels il chercha toujours d'inculquer les plus vertueux sentiments, se ressentiront toute leur vie d'avoir été cultivés par de telles mains. Sa maison tout entière avait sa part dans ses attentions, et pour entrer dans un détail intime, il exigea toujours que ses subordonnés fussent traités chez lui avec un soin patriarcal.

Ces actes simples, Messieurs, gouverner saintement la famille, édifier le prochain, soulager le pauvre dans ses peines et dans ses besoins sont toutes choses agréables au Très-Haut qui nous les commande; aussi celui dont nous pleurons aujourd'hui le trépas recevra-t-il sa large récompense.

L'heure de Dieu est venue, heure attendue, heure de miséricorde et de grâce !!......... Averti plus par le temps que par la maladie, Mathieu Alessandrini exécute ce qu'il médite sans cesse :

un sage religieux est appelé à son lit de douleur, et, en humble et fervent chrétien, il règle ses affaires de conscience et reçoit le saint Viatique.

Dès lors, on le voit constamment occupé de l'éternité qui s'ouvre devant lui ; ce cœur sensible, qui avait tant aimé, se détache de toutes préoccupations terrestres, s'arrache à ses vives affections, et, tout concentré dans les grandes et vastes pensées du ciel, semble attendre sa fin dans un recueillement profond.

Tout-à-coup, en effet, une attaque cruelle le saisit et hélas ! sort des choses annoncées, elle l'enlève à la constante sollicitude, à la tendresse filiale de sa famille rudement éprouvée.

Venez donc, chrétiens, venez apprendre à mourir, ou plutôt venez apprendre à bien vivre pour mourir saintement. Venez entendre les dernières paroles de ce juste, qui dans le plus fort de la douleur, sans être effrayé de la dernière sentence, disait: *In manus tuas, Domine, commendo spiritum meum* : Recevez, ô mon Dieu, mon âme dans vos bras.

Venez tous ensemble, parents, amis et compatriotes, environnez ce cercueil et versez-y des larmes avec des prières. Et vous, habitants d'Oletta, qui, mieux que personne, savez ce que vous perdez en ce jour, pleurez sur ces restes, pleurez sur celui qui fut votre ami, votre guide, votre père.

Pour moi, s'il m'est permis, à mon tour, de verser une larme sur votre dépouille mortelle, puissiez-vous, Mathieu Alessandrini, digne objet de mes regrets, vous souvenir de moi dans l'éternité comme vous vivrez éternellement dans ma mémoire ! Puissiez-vous déjà recueillir les fruits de votre vie toute chrétienne et nous regarder du haut du céleste séjour !

DISCOURS

PRONONCÉ SUR LA TOMBE

DU

COMMANDANT ALESSANDRINI

Par M. ARRIGHI

INSPECTEUR D'ACADÉMIE

MESSIEURS,

Ce lugubre concert de sanglots et de pleurs qui retentit encore à mon oreille ; ces visages où se réflète une douleur vraie et profonde ; ce concours imposant d'hommes respectables accourus de tous côtés pour rendre un dernier et suprême hommage à la mémoire de celui dont nous regrettons la perte ; ces insignes de l'honneur et de la vaillance étalés devant nous, m'apprendraient suffisamment, si mon cœur ne me l'avait déjà que trop répété, que le cercueil autour duquel nous nous pressons, Messieurs, renferme la dépouille d'une de ces âmes d'élite dont le prix n'est jamais si bien connu que le jour où le doigt de l'Eternel les efface du livre des vivants.

Pour oser entreprendre, en une circonstance si douloureuse, de se faire l'interprète de toutes les douleurs, d'exprimer, sans les affaiblir, tous les regrets, il faudrait posséder la force et le courage de ces athlètes de l'éloquence qui comptent leurs victoires par les combats : je ne me chargerai pas d'une pareille mission, qui serait trop au-dessus de mes forces.

Ma faiblesse m'impose aussi le devoir de laisser à une plume plus exercée que la mienne le soin de faire l'éloge de l'illustre défunt; mais je me bornerai seulement à rappeler en peu de mots les principaux faits de sa vie, qui lui ont conquis une si éminente place dans les annales de nos fastes militaires, dans l'estime et l'affection de ses concitoyens.

La famille Alessandrini, dont les aïeux ont mérité, par la bravoure et le patriotisme dont ils firent preuve au temps des luttes de l'indépendance de notre pays contre la tyrannie de Gênes, le titre de héros et une place distinguée, à côté des Sampiero, des Ceccaldi, des Paoli et des Gaffori, etc, etc. dans les annales de la Corse, a toujours vécu dans le culte des principes de l'honneur et du patriotisme.

Ces grands exemples n'ont pas été stériles :

de nos temps mêmes, deux de ses enfants ont payé de leur vie le grade de capitaine qu'ils avaient gagné sur le champ de bataille, et M. Luc-Octave Alessandrini, dont nous déplorons la perte, doit à ses nombreuses blessures de s'éteindre dans un âge où il eut pu encore espérer jouir de longs et heureux jours.

Entré dès l'âge de 16 ans au service de la patrie, en qualité de vélite de la garde impériale, M. Luc-Octave Alessandrini gagna successivement ses grades sur le champ d'honneur, et presque tous ont été payés par une blessure.

En 1804 il était au camp de Boulogne et prenait part, l'année suivante, à l'immortelle bataille d'Austerlitz. Suivant depuis l'Empereur dans sa course glorieuse à travers l'Europe étonnée, il prit part à la conquête de la Prusse et de la Pologne, et, après la bataille de Friedland, il obtint les épaulettes de sous-lieutenant. Nous le trouvons encore à la mémorable bataille d'Essling, gisant frappé de deux coups mortels, au milieu d'une foule de cadavres ennemis, dont il s'était fait comme une garde et un trophée : sa conduite dans cette glorieuse journée fut remarquée par l'Empereur qui lui décerna sur le champ de bataille le titre de brave et le grade de lieutenant.

Des plaines de la Hollande, où il faisait partie de l'armée d'occupation en 1810 et 1811, il vole, avec la grande armée, à la conquête de la Capitale des Czars : les glaçons de la Russie et une blessure reçue au combat de Polosk, faillirent arrêter pour jamais ses exploits ; mais la Providence qui nous réservait cette triste journée, lui rendit bientôt sa première vigueur. L'Empereur en avait déjà fait un capitaine.

Notre héros ne fut pas longtemps à attendre une nouvelle occasion de signaler son courage, et à la bataille de Leipsick, dans une brillante charge où il montra la plus grande valeur, il fut atteint d'un coup de feu qui lui valut l'étoile des braves.

Il était en 1814 au blocus de Besançon, et en 1815, à Waterloo, cette bataille de géants qui décida du sort de l'Empire.

Mis en non-activité à la rentrée des Bourbons, ses qualités militaires le firent rappeler sous les drapeaux, et en 1819 il recevait, à l'armée des Pyrénées, le cordon de chevalier de St-Louis. En 1823 et 1824 il était à l'armée d'Espagne et décoré de l'Ordre royal et militaire de St-Ferdinand.

A la prise d'Alger, il se distingua plus encore par sa valeur : commandé pour la prise d'un poste difficile où déjà plusieurs attaques avaient échoué, M. Alessandrini s'acquitta de sa mission avec une intrépidité, un sang-froid dont les vétérans de l'immortelle phalange étaient seuls capables ; aussi, contre les réglements et les lois de la guerre, le général en chef de l'armée d'Afrique le nomma, sur le coup, officier de la légion d'honneur, quoiqu'il vînt de recevoir le grade de chef de bataillon.

Rentré en France, il se trouva à Lyon en 1834, lors des émeutes qui ensanglantèrent cette ville, et fut chargé de défendre, avec son bataillon, l'hôtel de la préfecture. Lui, si brave en face des ennemis de la France, pâlit à l'idée de devoir verser le sang de ses concitoyens, et, par ses exhortations bien plus que par la force, il sut les ramener au devoir. Cette belle et noble conduite, qui à elle seule suffirait pour illustrer toute une vie, reçut les éloges les plus flatteurs du Préfet et du Général commandant la division militaire, dans les rapports qu'ils adressèrent à ce sujet au Ministre de la Guerre.

Enfin, chargé du poids de ses lauriers, fatigué par trente années de laborieuses campagnes et par ses nombreuses blessures, M. le commandant Alessandrini sentit le besoin d'une vie plus calme, et ayant obtenu sa retraite, il se rendit dans ses foyers, où l'appelaient d'ailleurs les vœux d'une épouse tendre et chérie et les soins de sa famille.

Est-il besoin de rappeler maintenant que dans sa vie privée, le commandant Alessandrini fut aussi simple dans ses manières, aussi doux et complaisant dans ses relations, qu'il avait été

fier et terrible sur le champ de bataille? Et qui
d'entre nous pourrait jamais oublier sa franchise,
sa probité, sa bienveillance et sa modestie !.....

Une vie chrétienne ne pouvait qu'être couron-
née de la mort du juste : aussi s'est-il éteint
doucement dans les bras de la religion, au milieu
des regrets et des larmes de ses concitoyens.

Pleurons tous une perte si cruelle ; pleurons
sur sa famille qui perd en lui son chef le plus
cher, celui qui faisait sa gloire et son orgueil ;
et puissent nos larmes, comme une rosée
fécondante, hâter le développement de toutes
les vertus, dans le rejeton de cette plante dont
le parfum se fera, pour longtemps encore, sentir
au milieu de nous !

Adieu donc, commandant Alessandrini, adieu
pour ton fils, adieu pour tous, et que le froid de
la tombe te soit doux !!

NÉCROLOGIE

PAR

M. TONIO CARBUCCIA

Lundi, 14 du courant, à Oletta, s'est éteint l'un des braves de l'ancienne armée.

M. le commandant Alessandrini, Luc-Octave, appartenait à une des principales familles de notre pays. Il avait successivement obtenu sur le champ d'honneur ses grades et ses décorations. Entré dès l'âge de 16 ans, comme vélite de la garde impériale, il alla au camp de Boulogne, prit part aux batailles d'Austerlitz et de Friedland.

Blessé grièvement à la bataille d'Essling, sa conduite fut remarquée par l'Empereur qui lui donna le grade de lieutenant et le titre de brave.

Après avoir été à l'armée d'occupation de la Hollande en 1810 et 1811, il fit partie de l'expédition de Russie. Frappé de deux coups de feu à Polosk et à Leipsik, il fut fait capitaine et quelque temps après chevalier de la Légion d'honneur.

En 1814 il assista au blocus de Besançon et en 1815 à la bataille de Waterloo.

Mis en non-activité à la rentrée des Bourbons, ses capacités militaires ne tardèrent pas à le faire rappeler. Il fut envoyé en 1819 à l'armée des Pyrénées où il reçut la croix de St-Louis et la décoration de St-Ferdinand d'Espagne.

Plus tard, désigné à la prise d'Alger pour l'attaque d'un poste difficile, le commandant Alessandrini s'acquitta tellement bien de sa mission, montra dans cette circonstance un si grand courage que, chose bien rare dans l'armée, il fut nommé le même jour chef de bataillon et officier de la Légion d'honneur.

Rentré en France en 1834, il se trouva à Lyon lors des insurrections qui éclatèrent dans cette ville. Il reçut l'ordre de résister par la force aux violences du peuple. Mais lui, si brave, si valeureux devant l'ennemi, ne voulut pas verser le sang de ses frères ; et par ses sages exhortations, par ses conseils paternels, il parvint à désarmer la colère d'un grand nombre d'insurgés qui couraient à leur perte.

Peu de carrières ont été aussi bien remplies que la sienne, et après trente années de services, il chercha dans la retraite le repos qu'il avait mérité.

Rendu à la vie civile, au milieu de sa famille, de ses frères bien-aimés, il s'est toujours distingué par ses qualités du cœur. Aussi une foule immense de parents, d'amis, d'étrangers ont-ils accompagné, à sa dernière demeure, ce digne vétéran qui, après avoir vécu en soldat, est mort en chrétien, en laissant à son fils le pieux devoir de suivre son noble exemple et de perpétuer l'honneur de son nom !

www.ingramcontent.com/pod-product-compliance
Lightning Source LLC
Chambersburg PA
CBHW070823260626
47161CB00006B/2380